Succession GRÉVIN

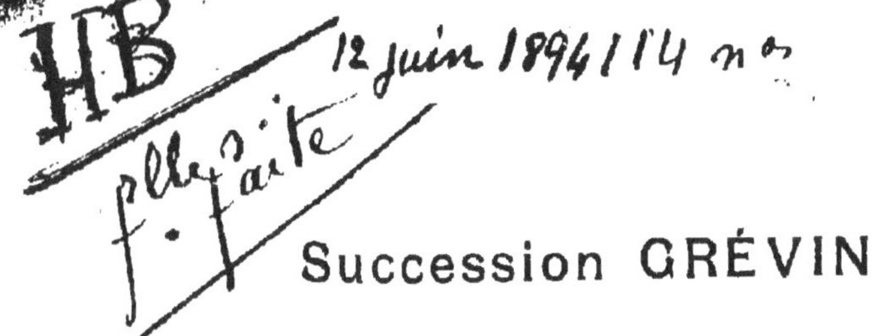

VENTE

D'Aquarelles, Dessins et Croquis

PAR

Feu GRÉVIN

COMMISSAIRE-PRISEUR

Mᵉ J. BONNIN

Rue Taitbout, 62

EXPERT

M. Eug. FÉRAL, peintre

Faubourg Montmartre, 54

Paris – 1894

IMPRIMERIE MAULDE et RENOU

A. MAULDE & Cie

INPRIMEURS DE LA COMPAGNIE DES COMNISSAIRES-PRISEURS

Rue de Rivoli, 144

SUCCESSION GRÉVIN

AQUARELLES, DESSINS

Croquis originaux

PAR

A. GRÉVIN

VENTE

PAR SUITE DE SON DÉCÈS

HOTEL DROUOT, SALLE N° 8

Les Mardi 12 et Mercredi 13 Juin 1894

A DEUX HEURES

EXPOSITION PUBLIQUE

Le Lundi 11 Juin 1894, de 1 heure à 5 heures 1/2

COMMISSAIRE-PRISEUR	EXPERT
Mᵉ J. BONNIN	**M. Eug. FÉRAL,** peintre
Rue Taitbout, 62	Faubourg Montmartre, 54

PARIS — 1894

CONDITIONS DE LA VENTE

———

Elle se fera au comptant.

Les Acquéreurs paieront CINQ POUR CENT en sus des adjudications.

A. MAULDE et Cⁱᵉ, imprimeurs de la Cⁱᵉ des Commissaires-Priseurs,
rue de Rivoli, 144.   5oo—42961

Désignation

AQUARELLES

1 — *Histrion.*

2 — *Fantaisie japonaise.*

3 — *Namouna.*
   Trois pièces à diviser.

4 — *Le Modèle.*

5 — *Jeune Femme costumée, étendue sur un rocher.*

6 — *Bergère accoudée sur un rocher.*

7 — *Communards.*
   Deux pièces à diviser.

8 — *Charitas.*

9 — *La Gitane au tambourin.*

10 — *Jeune Femme jouant avec un hanneton.*
Feuille d'éventail.

11 — *Adam et Eve.*

12 — *La Femme au miroir.*

13 — *Jeune Femme drapée à la grecque.*

14 — *Flirt.*

15 — *Fleur animée.*

16 — *Une Nubienne.*

17 — *La Gitane à l'Éventail.*

18 — *Frileuse.*

19 — *Propos d'Ateliers.*

20 — *Egyptiennes dans le désert.*
Deux pièces à diviser.

21 — *Une Fille d'Eve.*

22 — *Indien appuyé sur sa lance.*

23 — *Voyageur en costume indien.*

24 — *Jeune Femme en costume de touriste.*

25 — *Parisienne en costume de fantaisie.*

26 — *Jeune Mulâtresse fumant une cigarette.*

27 — *Costumes pour Orphée aux Enfers et le Roi d'Yvetot.*
Quatre pièces.

— 5 —

28 — *Costumes de Ballets.*

Treize pièces.

29 — *Personnages allégoriques et animaux.*

Six pièces.

30 — *Costumes de Féeries.*

Neuf pièces.

31 — *Costumes pour le Ballet des Violettes.*

Deux pièces.

32 — *Sujets divers ayant servi de modèles pour orner des dessus de boîtes et des couvertures de livres.*

Neuf pièces.

33 — *Histoire du Petit Poucet.*

Quatre pièces.

34 — *Histoire de Cendrillon.*

Quatre pièces.

35 — *Scènes Louis XV.*

Quatre pièces.

36 — *Figures allégoriques.*

Sept pièces.

DESSINS & CROQUIS

EN LOTS

POUR COSTUMES DE THÉATRE EXÉCUTÉS POUR LES PIÈCES

QUI SUIVENT

37 — *La Petite Reine.*

38 — *Le Docteur Ox.*

39 — *Memnon.*

40 — *La Belle Hélène.*

41 — *Paul et Virginie.*

42 — *La Poule aux Œufs d'or.*

43 — *Le Voyage dans la Lune.*

44 — *Geneviève de Brabant.*

45 — *Orphée aux Enfers.*

46 — *Le Roi Carotte.*

47 — *La Fille de Madame Angot.*

48 — *Kosiki.*

49 — *Le Chat-Botté.*

50 — *Gulliver.*

51 — *La Timbale.*

52 — *La Princesse de Trébizonde.*

53 — *La Croix de l'Alcade.*

54 — *Madame l'Archiduc.*

55 — *La Filleule du Roi.*

56 — *La Petite Mariée.*

57 — *Les Tziganes.*

58 — *Fatinitza.*

59 — *Le Droit du Seigneur.*

60 — *Cendrillon.*

61 — *La Marocaine.*

62 — *Peronilla.*

63 — *Le Petit Poucet.*

64 — *La Girouette.*

65 — *La Camargo.*

66 — *La Marjolaine.*

67 — *Les Mille et une Nuits.*

68 — *Le Pied de Mouton.*

69 — *Le Billet de Logement.*

70 — *La Branche cassée.*

71 — *Giroflé Girofla.*

72 — *Arbre de Noël.*

DESSINS & CROQUIS

EN LOTS

POUR COSTUMES EXÉCUTÉS POUR LES BALLETS QUI SUIVENT

73 — *Danéa.*

74 — *Stella.*

75 — *Ballet Louis XVI.*

76 — *La Fée Cocotte.*

77 — *Bataillon de la Moselle.*

78 — *Le Bossu.*

79 — *Les Marchandes d'Œufs.*

80 — *Les Vendangeurs.*

81 — *Les Perles* (dans *Les Mille et une Nuits*).

82 — *Les Potiches.*

83 — *Les Poissons* (dans *Les Mille et une Nuits*).

84 — *Les Nations* (dans *Le Chat Botté*).

85 — *Les Bonbons* (dans *Le Chat Botté*).

86 — *Ballet de Neige* (dans *Le Voyage dans la Lune*).

87 — *Ballet de l'Arbre de Noël.*

88 — *Les Chevaliers du Brouillard.*

89 — *Bazar d'Esclaves.*

90 — *Ballet des Violettes.*

91 — *Ballet des Vins.*

92 — *Fleur d'Oranger.*

93 — *Ballet Péruvien.*

94 — *Truands et Ribaudes.*

95 — *Les Echecs.*

96 — *Ballet de Paul et Virginie.*

97 — *L'Auvergnat.*

98 — *Ballet de Monaco.*

99 — *Vidangeurs et Essence de Roses.*

100 — *Les Séleniens.*

101 — *Les Bijoux.*

102 — *Le Sabbat.*

103 — *Mandolinetta.*

104 — *Les Poissons* (dans *Orphée aux Enfers*).

105 — *Les Heures* (dans *Orphée aux Enfers*).

106 — *Les Chimères* (dans *Le Voyage dans la Lune*).

107 — Nombreux Dessins et Croquis ayant été
faits pour la composition des scènes représen-
tées au Musée Grévin.

108 — Dessins et Croquis, projets de Statuettes.

109 — Dessins et Croquis ayant été faits pour
décorer des faïences.

110 — Un grand nombre d'Aquarelles, de Dessins
et Croquis divers qui seront vendus par lots.

GRAVURES

PAR DIVERS

111 — Un lot de Gravures coloriées : Costumes parisiens, de 1809 à 1824.

112 — Costumes du Directoire (tirés des *Merveilleuses*) ; trente eaux-fortes coloriées.

113 — Un fort lot de Gravures sur bois et Lithographies par ou d'après CHARLET, BOILLY, HENRI MONNIER et autres. (Ce numéro sera divisé.)

114 — Sous ce numéro, qui sera divisé, seront vendus les Objets omis à la présente Notice.

1/

Clémenceau 43 [...] Lafayette

4 2 (42)   1 aquarelle

2/26 — 1 aquarelle [...]
[...] (intérieur) dessin — [...]
26 — 8 aquarelles
24 — 4 dessins —
26 — 7 aq[uarelle] ...
24 — 4 d[essin] ... Piat
31 — 4 d[essin] ... Piat
31 — 5 d[essin] ...
54 — 6 aq[uarelle] + 2 dessins
31 — 2 dessin
21 — 1 d[essin]
28 — 2 d[essin]
17 — 2 d[essin]
24 — 2 d[essin]
28 — 2 d[essin]
31 — 2 d[essin]
26 — 2 d[essin]
[...] 2 d[essin]
5 [...] 6 dessin Poulain
[...] 1 aquarelle (...) [...]

3/

22 ———— 2 aquarelles — 8
21 ———— 1 aq. 1 dess. — 8
.6 ———— 14 dess. — 8
7 ———— 3 grands dessins
14 ———— 14 dess.
10 ———— 2 0 dessin
16 ———— 3 aquarelles   T. Dal
11 ———— 2 0 dess.   8
8 ———— 2 0 T. Dal
7 ———— 2 0 — 8
14 ———— 2,5 — 8
12 ———— 2 0 — 8
9 ———— 2,5
9 ———— 2 5
8 ———— 1 8
8 ———— 2 5
8 ———— 1 7
8 ———— 2/5
8 ———— 2 5
7 ———— 2 5
7 ———— 2 5
8 ———— 2 5
8 ———— 2 6

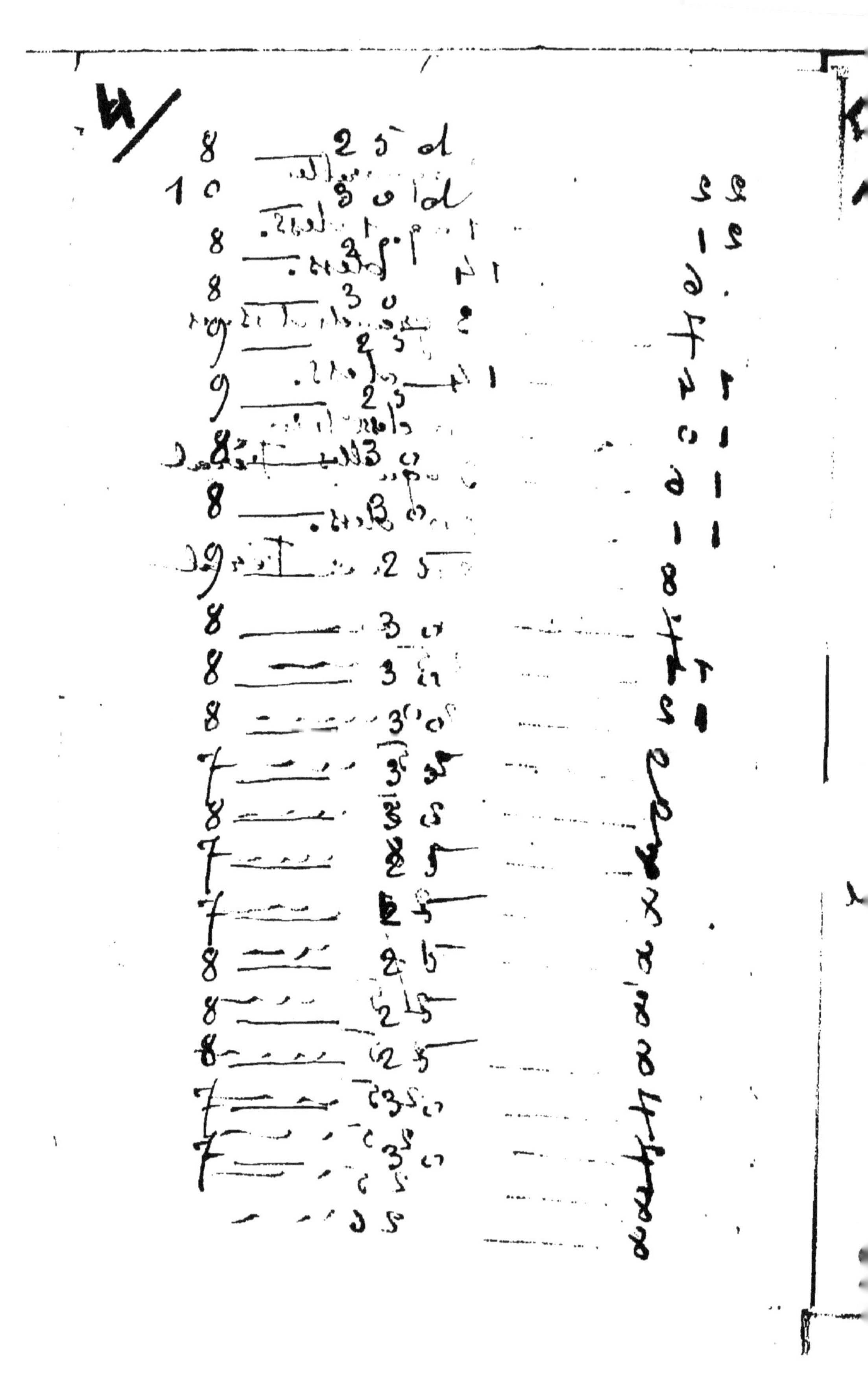

8 — 2 5 d
10 8 d
8 1
8 3
9 2 5
9 2 5
8 3
8 3
9 2 5
8 3
8 3
8 3
7 3
8 3
7 3
7 3
8 2 5
8 2 5
8 2 5
7 3 5
7 3 5
2 5
2 5

8 — 30 d... 1
11 — 25 d... 1
21 — 2 aquarelles
11 — 2 ap...
10 — 2 d...
17 — 2 d...
15 — 2 d...
15 — 2 d...
7 — 2 d...
9 — 2 d...
8 — 2 d...
9 — 2 d...
14 — 2 d...
8 — 2 d...
6 — 2 d... féral
6 — 2 d...
5 — 2 d...
6 — 2 d...
8 — 2 d...
5 — 2 d...
7 — 2 d...

6/

1 2 _______ 2 aquarelles
1 0 _______ 2 d°
6 _______ 2 d°
7 _______ 2 ___
4 _______ 3 ___
7 _______ 2 ci dessins
1 0 _______ 2 o dess.
1 2 _______ 2 o ___
1 4 _______ 1 y pièces aquarelles
9 _______ 2 o dessins
1 1 _______ 1 5 ___
9 _______ 1 4 ___
1 5 _______ 6 o dessins aquarelles

MIRE ISO N° 1
NF Z 43-007
AFNOR
Cedex 7 - 92080 PARIS-LA-DÉFENSE

graphicom

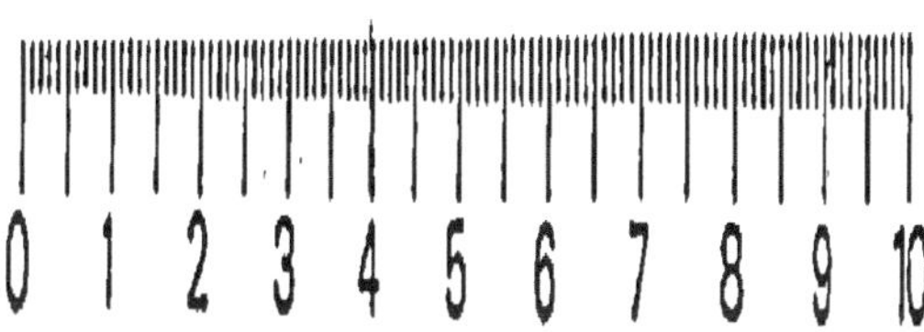

BIBLIOTHEQUE NATIONALE DE FRANCE

****

CHATEAU DE SABLE

1996